AF360231

HISTOIRE

D'UN

PETIT MALGACHE

C'est à Madagascar et dans la province du Betsiléo que nous transporte ce récit.

Qui ne connaît aujourd'hui Madagascar, cette île africaine, un peu plus grande que la France, conquise il y a trois ans par nos vaillants soldats et dont le nom, si souvent prononcé depuis au milieu de nous, a éveillé dans nos cœurs tant et de si ardentes sympathies ?

Cette grande île, située au Sud-Est du Continent africain, est un pays de montagnes qu'entoure de tous côtés, comme une ceinture dont la largeur varie entre 5o et 8o kilom., une zone plus déprimée, la zone côtière, où la température et la végétation tropicales font régner un climat généralement malsain.

Dès qu'on a franchi cette zone et gravi les premières hauteurs, on se heurte à une immense forêt vierge, qui traverse l'île dans une bonne partie de sa longueur et qui, avec ses arbres séculaires, reliés entre eux par un réseau impénétrable de lianes gigantesques, forme une sorte de forteresse naturelle pour l'intérieur du pays. Aussi, les anciens souverains aimaient-ils à répéter qu'ils avaient deux généraux invincibles, « la Fièvre » et « la Forêt », capables de défier tous les efforts des Européens. Hélas! le premier tout au moins de ces « généraux » n'a que trop réussi à semer des cadavres de nos braves soldats la route qui s'étend de Majunga à Tananarive : mais ils n'ont pu, ni l'un ni l'autre, prévaloir contre leur endurance et leur vaillance et les empêcher de planter à Tananarive, au cœur même du pays, le drapeau de la France.

La forêt traversée, on arrive au massif central, qui est la partie la plus salubre et la plus peuplée de Madagascar, celle où vivent les anciens maîtres du pays, les Hovas, qui ont, aujourd'hui, pleinement accepté notre domination.

Ce massif central, divisé en plusieurs provinces, dont les plus importantes sont l'Emyrne et le Betsiléo, est une succession de montagnes nues, au sol uniformément rouge, séparées par des vallées étroites, abondamment arrosées et dans lesquelles s'étagent, jusqu'à une certaine hauteur, des rizières soigneusement cultivées, dont le vert tendre merveilleusement velouté ou le jaune ardent, suivant les saisons, égaient un peu le paysage.

L'absence presque complète d'arbres donne au pays un aspect singulièrement monotone : ici et là pourtant, cette monotonie est rompue par un sommet un peu plus élevé, couronné d'un bouquet d'arbres, qui attire et arrête le regard en le reposant. C'est le *lucus* ou bois sacré des Latins, qui indique la présence d'un village, jadis gardien de quelque idole vénérée.

Les Malgaches, en effet, étaient, il y a cent ans à peine, un peuple entièrement idolâtre. Le fétichisme, c'est-à-dire le paganisme le plus enfantin et le plus grossier, régnait sans partage sur toutes les populations de l'île. Coquillages, morceaux de bois taillés de mille manières, cornes d'animaux plus ou moins grandes, revêtues d'une enveloppe multicolore de perles ou simplement polies et remplies de chiffons graisseux, de drogues ou d'amulettes..., etc...., telles étaient les idoles vénérées par les Malgaches et auxquelles ils attribuaient en grande majorité, et attribuent encore toutes sortes de vertus bienfaisantes ou malfaisantes.

C'est au commencement de notre siècle que, pour la première fois, le Christianisme réussit à s'implanter dans la grande île, grâce au dévouement persévérant et à l'esprit de sacrifice des missionnaires protestants de la Société de Londres. Après 30 ou 40 ans de persécutions sanglantes, dirigées contre tout ce qui portait le nom de chrétien, la tribu maîtresse, celle des Hovas, adopta le Christianisme et, sous la forme protestante, en fit *officiellement* la religion du pays.

En réalité, deux tribus seulement, celle des Hovas qui habitent l'Émyrne et celle des Betsiléos, qui vivent dans la province de ce nom, ont vraiment subi l'influence de l'Évangile et de la civilisation chré-

tienne. Les autres tribus : Sakalaves. Betsimisarakas,
Antsianakas, Tanales, Baras, etc..., à peine abordées
par les missions chrétiennes, sont encore païennes et
fétichistes.

Dans les deux tribus devenues chrétiennes de nom,
un noyau important, celui-là même contre lequel
s'exercent aujourd'hui les odieuses tentatives de conversion forcée des Jésuites, est réellement chrétien :
mais la masse, chrétienne et protestante de nom seulement, est encore à demi païenne.

Les Malgaches, pris dans l'ensemble, aiment l'instruction et apprécient les progrès de la civilisation, qu'ils
s'assimilent avec une facilité surprenante. Attachés
pour la plupart au protestantisme, dont l'esprit d'indé-
pendance et les formes de culte si simples cadrent avec
leur nature primitive, ils détestent les *Monperas* —
lisez les Jésuites, tout en tremblant devant eux... et
pour cause, hélas ! Naturellement portés au mensonge et à la dissimulation, qu'ils savent répréhensibles
et coupables, ils ont peine à respecter des hommes
qui font ouvertement profession de mensonge et de
fausseté, et nous les avons entendus plus d'une fois
s'étonner que des « vazahas », c'est-à-dire des Européens, pussent à cet égard leur ressembler.

Après ces quelques détails, destinés à donner une
idée générale du pays et de ses habitants, abordons
notre récit, et montrons, par un exemple pris entre
beaucoup, ce que peut devenir un Malgache sous
l'influence de notre glorieux Evangile.

I. — Garçons bouchers.

Il existe à Madagascar une classe de garçons qui
suivent dans les marchés les nombreux bouchers dont
les étals primitifs occupent un grand tiers de l'emplacement réservé, en dehors et à quelque distance
des villages malgaches, à ces vraies foires hebdomadaires. Ces étals n'ont rien qui rappelle les engageantes installations de nos bouchers européens ; ils
sont formés, en général, de morceaux de viande de
toutes les dimensions, simplement empilés sur l'herbe,
ou rangés symétriquement sur de petits tréteaux.

Les garçons en question sont parfois les fils du boucher ; mais, plus souvent encore, avant que notre domination eût aboli *en principe* l'esclavage, c'étaient de
petits esclaves. Classe dégradée, sordide que celle de
ces pauvres enfants ! vêtements sordides... quand ils
en ont ; et conduite à l'avenant... comme celle des
bouchers qu'ils accompagnent. Les jours de marché,
ils conduisent les bœufs destinés à être tués sur place
au fur et à mesure des besoins de la vente, et, pour
cela, portent les cordes et les couteaux avec lesquels
ils aident leur maître à immoler et à dépecer l'animal.

A la fin de la journée, ils transportent sur la tête,
sanglants et souillés de poussière, ces ustensiles de
boucherie, et c'est un spectacle répugnant que de les
voir, par un jour de pluie, marcher, le visage et le
corps, demi-nu, tout ruisselants de sang et de boue.

Vrais voleurs de profession, ces garçons volent de la viande jusque sous les yeux de leur maître. A peine a-t-il détourné la tête que, prompts comme l'éclair, ils font disparaître un morceau de l'étal. S'il ne s'agit que d'un petit morceau, le larcin passe souvent inaperçu, mais, quand ils s'en prennent à un morceau de plus grande dimension, le vol est vite découvert par le maître, qui, de son poing fermé ou du manche de sa hache, suivant son tempérament, lui administre une brutale correction. C'est par ces moyens peu délicats et en vendant en cachette la viande ainsi dérobée que ces enfants se procurent les quelques sous qui leur servent à acheter un petit gateau de riz ou un peu de manioc cuit pour apaiser leur faim. Leur maître, en effet, ne se préoccupe en rien de leur nourriture pendant cette longue journée de marché ; encore moins leur permet-il de rentrer à la maison pour manger.

Le plus triste, pour ces malheureux garçons, c'est, qu'en fait de grossièreté de langage, de propos malsonnants et de jurements, ils sont sans rivaux. Maudire et insulter père, mère, frères ou sœurs, est pour eux chose courante. Avec cela rien n'égale leur sauvage cruauté. Poules, canards, chiens ou porcs rencontrés sur leur route sont sûrs d'être ou assommés ou estropiés d'un coup de pierre adroitement lancée, ou cruellement torturés.

Dès que ces enfants atteignent dix ou douze ans, on leur donne ou ils achètent *un charme contre les cornes*, et ils commencent alors à lutter contre les jeunes taureaux. Grande est leur joie quand ils en rencontrent un particulièrement méchant : ils s'ingénient alors par leurs cruels traitements à le rendre encore plus féroce. Lorsque le taureau furieux les poursuit et menace de les atteindre, ils se couchent brusquement par terre, pour se relever et courir en sens inverse dès que l'animal a passé sur eux, et c'est miracle qu'à ce jeu barbare, il ne leur arrive pas plus d'accidents graves. Quant à eux, c'est à la vertu de leur « charme » qu'ils attribuent cette sorte d'invulnérabilité : ils sont persuadés que ce charme les préserve infailliblement de l'atteinte des cornes de l'animal qu'ils excitent. Impossible de décrire la variété et la cruauté des tortures qu'ils infligent à leurs victimes, et, comme il n'existe pas à Madagascar de Société protectrice des animaux, ils obéissent sans scrupules aux inspirations cruelles de leur cœur, assurés de rester impunis aussi longtemps qu'il n'y a pas perte pécuniaire sérieuse pour les propriétaires de leurs victimes.

C'est au héros de notre récit, qui a lui-même appartenu à cette triste classe d'enfants, que sont dus ces détails. Soumis providentiellement à l'influence de l'Evangile, il bénit Dieu aujourd'hui de l'avoir arraché à ce déplorable milieu. « N'était l'amour du Dieu de »l'Evangile, nous disait-il en nous racontant son his»toire, ou bien j'aurais été tué dans ces combats de »taureaux qui étaient ma passion, ou bien j'aurais »grandi comme un idolâtre en croyant à la vertu des »charmes, et, roulant toujours plus bas sur la pente

»du péché, je serais devenu pire .que ces bêtes contre
»lesquelles je luttais. Dieu m'a sauvé par sa grâce ! à
»Lui seul en soit la gloire !»

II. — L'Ecolier et l'Etudiant.

Notre héros, *Andriamiantra*, était un garçon Hova
né dans le Betsiléo. Ses parents, très pauvres, avaient
quitté l'Emyrne pour améliorer, dans cette province
reculée, leur situation précaire. Ils avaient trois
enfants : deux filles, dont l'aînée est devenue une chrétienne vivante, tandis que l'autre mourut jeune, et un
garçon.

Le père d'Andriamiantra mourut, alors qu'il n'était
encore qu'un tout jeune enfant de six ans environ, et
il fut recueilli par un oncle, boucher de profession,
qui fit de lui un membre de la classe déshéritée dont
nous venons de parler.

Il n'avait nullement conscience des dangers physi-
ques ou moraux qu'il pouvait courir dans sa nouvelle
situation, et toute son ambition était de devenir un jour
boucher comme son père adoptif.

Il avait neuf à dix ans quand les premiers missionnaires évangéliques arrivèrent à Ambohimandroso, la
résidence de son oncle, une ville assez importante,
située à une grande journée de marche de Fianarantsoa, la Capitale du Betsiléo. Le premier soin des missionnaires avait été d'ouvrir une Ecole, dans laquelle
accoururent aussitôt quantité d'enfants. Séduit par les

récits de quelques-uns de ses compagnons, dont l'enthousiasme pour tout ce qu'on apprenait à l'école ne tarissait pas, Andriamiantra voulut, lui aussi, en essayer et, sans en rien dire d'abord à ses parents, vint s'asseoir de temps en temps sur les bancs de l'Ecole missionnaire.

Quand je parle *des bancs*, j'emploie une image, car la plupart des écoles malgaches, surtout à la campagne, ne connaissent pas ce luxe. C'est l'Eglise qui, d'ordinaire, sert d'Ecole, et, en fait de bancs, on n'y voit que des nattes sur lesquelles s'accroupissent les auditeurs du Dimanche et, par suite, les écoliers de la semaine. Mais on n'en travaille pas moins bien pour cela dans les écoles de Madagascar.

Accroupis à l'indigène, par groupes et suivant leur âge ou leur degré d'instruction, les enfants posent sur leurs genoux les livres ou l'ardoise qui constituent leur bagage scolaire et écrivent ou lisent avec autant et plus d'application que s'ils étaient assis sur nos bancs dernier modèle. Peu ou point de cahiers d'écriture dans ces écoles, car le papier est cher et les ressources limitées. Orthographe, calcul, composition de style, presque tout se fait sur l'ardoise, qui a l'avantage de permettre d'effacer, sans remplir ses devoirs de ratures peu décoratives.

La musique, annotée en lettres et points, selon la méthode appelée « *sol-fa* », s'apprend debout devant un grand tableau, où les enfants apprennent à solfier avec une merveilleuse facilité. Nés musiciens, ils arri-

vent, en quelques semaines, à déchiffrer à première
vue, et chantent en parties, avec un entrain et une
harmonie qui feraient honte à beaucoup de nos Européens.

Mais revenons à notre écolier. D'une intelligence
très vive, Andriamiantra ne tarda pas à prendre goût à
l'école, tant et si bien qu'il obtint de son oncle la permission d'y aller tous les jours, à l'exception des jours
de marché.

Pendant quelque temps, il continua cette vie en
partie double d'une part, courant les marchés le mer-
credi et le samedi, y volant de la viande et torturant
les animaux avec ses camarades, et, d'autre part,
assidu les autres jours à l'école, dont il n'avait pas
tardé à devenir l'un des premiers sujets. On n'eût
guère reconnu, dans le jeune vaurien qui, dans les
marchés, n'avait pas de rival pour subtiliser adroitement un morceau de viande et semblait toujours
en quête de quelque nouvelle cruauté à infliger à un
malheureux animal, l'élève studieux de l'école, toujours docile et attentif aux leçons des missionnaires et
qu'on trouvait souvent, pendant les récréations,
accroupi dans un coin, une ardoise et un crayon à la
main, en train de résoudre quelque problème d'arith-
métique ou d'écrire une composition.

Après quelques années, les missionnaires, dont l'œuvre se développait tous les jours, créèrent une École
supérieure, sorte d'École normale du premier degré,
destinée à former un personnel de maîtres d'écoles

capables de les aider dans leur tâche d'éducateurs.
L'intelligence et le développement précoce d'Andriamiantra leur firent vivement désirer de l'avoir comme
élève de leur nouvelle Ecole. L'enfant, qui, en gran-
dissant, avait commencé à s'intéresser aux choses reli-
gieuses et qui sentait s'accroître sa soif d'instruction,
ne demandait pas mieux. Mais son oncle, qu'effrayait
la perspective de perdre un sujet aussi intelligent et de
le voir envoyer comme instituteur dans quelque partie
reculée du pays, fit, à ce projet, une opposition for-
melle et, furieux de leur insistance, retira le jeune
garçon des mains des missionnaires.

Mais, comme à Madagascar, et ailleurs peut-être,
les enfants finissent toujours par en faire à leur tête.
Andriamiantra, aidé par sa tante, qui était devenue
chrétienne, triompha de l'opposition de son père adoptif et devint le premier étudiant hova de l'Ecole normale d'Ambohimandroso.

Pour le coup, il dut renoncer à courir les marchés,
mais il y consentit d'autant plus volontiers que, devant
lui, s'ouvraient déjà des horizons qui lui faisaient
paraître bien inférieurs et bien coupables ses rêves et
ses plaisirs d'enfant.

L'étudiant tint toutes les promesses de l'écolier, et,
son développement intellectuel et religieux semblant
appeler de nouveaux progrès, on se décida à l'envoyer
à l'Ecole normale supérieure de Tananarive.

Il y avait si longtemps que la famille d'Andriamiantra avait quitté l'Emyrne, qu'en arrivant dans la Capi-

tale, il se trouva comme un étranger dans un pays inconnu.

N'ayant à sa disposition, pour sa nourriture et son logement, qu'une somme des plus modestes, il s'établit à la campagne, chez des parents éloignés qu'il avait retrouvés et qui, pauvres, eux aussi, consentirent pourtant à l'héberger à tour de rôle. L'un de ces parents était à 10 kilom., l'autre à 13 de Tananarive; et notre jeune étudiant avait à franchir, matin et soir, cette distance pour suivre les cours de l'Ecole normale. Rude épreuve de sa vocation et de son amour pour l'étude ! car il lui fallait, l'hiver, partir en pleine nuit pour arriver à l'heure où s'ouvraient les cours. Plus d'un, sans doute, eût, à la longue, perdu courage et abandonné la partie, mais Andriamiantra persévéra sans relâche, jusqu'au jour où un nouveau parent, découvert dans la Capitale même et qui, en apprenant son histoire, s'était senti ému de compassion par la physionomie fatiguée et maladive du jeune homme, le recueillit à son foyer.

Tananarive est une grande ville bâtie sur le plateau et les deux flancs d'une montagne haute de 1,400 mèt. et longue de 4 kilom. Aussi, notre ami, qui habitait maintenant à l'une des extrémités de la ville, dont l'Ecole normale formait presque l'autre extrémité, ne pouvait pas rentrer chez son parent pour le repas du milieu du jour. Il y pourvut, comme aux jours de sa triste enfance, en achetant un gâteau de riz ou quelques racines de manioc, heureux, nous disait-il en souriant, d'assaisonner son frugal repas « de hautes pensées et de grandes espérances ».

À Tananarive comme à Fianarantsoa, Andriamiantra dépassa bientôt la plupart de ses camarades. Le cours régulier de ses études devait être de trois années. mais le Directeur de l'Ecole, appelé par son congé décennal à partir pour l'Europe au moment où notre jeune étudiant allait terminer sa seconde année, lui proposa de passer, avec les élèves-maîtres de troisième année, l'examen de sortie. Andriamiantra accepta la proposition, se prépara pendant les derniers mois avec acharnement et réussit à passer brillamment l'examen final, où il obtenait le troisième rang sur 14 candidats.

Ainsi se termina, plus tôt qu'il ne l'avait espéré, sa vie d'étudiant. Et telle était sa valeur intellectuelle et morale, reconnue par ses nouveaux professeurs, qu'il fut aussitôt nommé maître-adjoint dans l'Ecole Normale dont il sortait. Pendant cinq mois, c'est-à-dire jusqu'au moment où il fut réclamé par les missionnaires d'Ambohimandroso, il remplit ses fonctions à la satisfaction de tous, gagnant à la fois l'estime et l'affection des missionnaires et de ses élèves.

III. — Le Maître et son développement religieux.

C'est en janvier 1886 qu'Andriamiantra entra dans ses fonctions de maître-adjoint à l'Ecole Normale d'Ambohimandroso, dont il assumait quelques mois après la direction, par suite du départ du directeur indigène devenu évangéliste. Nombreux étaient les devoirs et grande la responsabilité de notre jeune Maître ! Mais il sut y faire face avec une rare distinction pour le bien de l'Institution, qu'il fut seul à diriger de 1888 à 1890, pendant le congé décennal du dévoué missionnaire de l'endroit, M. Rawlands. A vrai dire, nous ne croyons pas qu'il soit possible de mieux entrer dans l'esprit d'une œuvre, que ne l'a fait ce jeune homme qui, adoré par ses élèves, jeunes gens de 16 à 22 ans, sait leur inculquer son amour de l'instruction et exerce sur eux, par son christianisme joyeux, une influence religieuse bénie. — Nous l'avons vu dans sa classe, où, sur un simple signe ou sur un petit coup de baguette, les élèves passaient d'un exercice à un autre avec un ordre et une précision toutes militaires ; puis, hors de sa classe, dans cette petite « cité ouvrière », où les élèves, le plus souvent mariés, occupent chacun un petit logement indépendant ; et nous nous demandions ce qu'il fallait admirer le plus, du Maître qui savait si bien inspirer et conduire ses élèves, ou des élèves dont l'empressement à lui obéir trahissait si éloquemment l'affectueux respect. Quand nous lui demandâmes quelles étaient les punitions qu'il employait, il nous regarda d'un air surpris, presque peiné et répondit : « je vais les voir en particulier et je leur dis qu'ils m'ont attristé, et cela suffit toujours ».

Cent douze élèves-maîtres avaient passé sous sa direction quand nous l'avons vu, sans compter les cin-

quante-deux jeunes gens qui s'y trouvaient alors et
dont les physionomies ouvertes et joyeuses accusaient
hautement la double et bienfaisante influence de son
affection fraternelle et de celle de sa modeste et jolie
compagne.

Si vive qu'ait été l'intelligence d'Andriamiantra, il
serait difficile de s'expliquer sa supériorité et son influence comme éducateur, si l'on n'y faisait la part de
son christianisme. Et ceci nous amène à dire quelques
mots de sa vie religieuse. Nous ne ferons ici que traduire littéralement ce qu'il a consenti à écrire lui-
même à ce sujet.

« Avant mon départ pour Tananarive, j'avais déjà
»compris la supériorité du Christianisme : j'aimais à
»entendre et à étudier les enseignements de l'Evangile,
»dont la vérité ne faisait pas doute pour moi et que
»j'admirais sans réserves. Aussi ne tardai-je pas, après
»quelques mois passés dans la capitale, à demander
»mon admission comme membre de l'Eglise.

»Cependant je ne m'étais pas encore entièrement
»consacré à Dieu : ma foi procédait de mon intelligence
»plus que de mon cœur, que je n'avais donné qu'à
»moitié. Aussi m'arrivait-il souvent de succomber aux
»tentations. Je n'avais compris que très imparfaite-
»ment ce qu'était le salut ; je m'efforçais bien de vivre
»en chrétien quand je me souvenais d'en avoir fait
»profession ; mais je ne comptais que sur mes seules
»forces : de là mes trop nombreuses infidélités et mon

»peu de progrès spirituel. Même lorsque je fus appelé
»à devenir prédicateur, je n'étais guère qu'un théori-
»cien, prêchant sur les choses spirituelles ce que j'a-
»vais appris et croyais vrai, mais n'en ayant fait aucune
»expérience personnelle.

»Quand j'y songe, aujourd'hui que Dieu m'a éclairé,
»je me sens à la fois humilié et attristé, et je crains
»bien que tout mon zèle de prédicateur n'ait été une
»pure perte.

»J'étais bien *un aveugle conduisant d'autres aveu-*
»*gles*, ou, pour employer un de nos proverbes malga-
»ches, ma prédication était *du miel dans la main d'un*
»*lépreux, une chose douce souillée par la main qui*
»*l'offre* [1].

»Il n'y a que quelques années que mes yeux se sont
»ouverts et que, sentant ma profonde misère, j'ai expé-
»rimenté la bienheureuse réalité d'un vrai salut.

»Aujourd'hui, ce n'est plus sur moi, sur mes seules
»forces que je m'appuie, mais sur Celui qui m'a sauvé
»et qui seul est le « fort ». Je me sens profondément
»humilié en me rappelant ces temps de fausse sécu-
»rité ! Que serais-je devenu si j'étais mort alors ? Je
»me souviens qu'un jour, pendant que je prêchais sur
»la nécessité de la conversion, tout mon auditoire fon-

---

[1] Nous devons à la vérité de dire que les missionnaires qui
l'ont suivi depuis son enfance et l'ont vu à l'œuvre tout le temps
qu'il a été employé au service de Dieu, estiment que ce juge-
ment, inspiré par une profonde humilité, est de beaucoup trop
sévère.

»dit en larmes, et j'étais, moi le prédicateur, bien loin
»du Royaume de Dieu. Oh ! comme Dieu a été misé-
»ricordieux pour moi ! Qu'il est bon de m'avoir reçu
»quand je suis venu à Lui ! Je suis encore souvent en
»butte à la tentation, mais à chaque fois qu'elle m'as-
»saille, j'entends le Sauveur qui me dit : « *J'ai quitté*
»*pour toi la Maison Paternelle, ses joies et ses gloires ;*
»*pour toi j'ai enduré la honte, le mépris, la souffrance*
»*et la mort..., est-ce donc trop exiger de toi que de te*
»*demander de renoncer à une chose qui ne peut que*
»*nuire à ton âme et de me faire un plaisir ? »*. Je me
»sens alors conquis et chaque fois plus fort pour
»triompher d'une nouvelle tentation. Les sacrifices
»qui me paraissaient durs à accomplir me deviennent
»faciles parce que je pense à Christ et m'appuie sur sa
»force : et non seulement je peux triompher par sa
»grâce, mais j'épouve même une joie intime à penser
»que s'Il me demande de souffrir avec Lui, « c'est pour
»me faire un jour » régner avec Lui ».

Nous n'ajouterons rien à ces paroles d'un homme
dont son missionnaire nous disait que, dans sa longue
carrière, il n'avait jamais rencontré un tel exemple
d'humilité simple et sans apparat.

IV. — Voies providentielles

Nous terminerons cette esquisse authentique de la
transformation d'un jeune Malgache, par le récit d'une

partie toute intime de sa vie. Nous tenons ces intéressants détails de son missionnaire.

On est assez porté à croire, dans nos pays civilisés, que nos frères et sœurs païens ne connaissent pas ce que nous appelons amour ou inclination mutuelle.

Il est incontestable, en effet, que, d'une manière générale, ce sentiment pur et profond qui naît entre deux âmes les rapproche et les unit indissolublement, ne joue pas un grand rôle dans les mariages malgaches.

On se marie de très bonne heure à Madagascar, et il n'est pas rare de voir des couples, dont les âges réunis ont peine à atteindre 28 et 30 ans. Aussi la responsabilité des jeunes gens — on pourrait dire des enfants — dans ces unions est-elle à peu près nulle. Seuls les parents interviennent pour combiner et décider le mariage de leurs enfants, qui s'unissent très souvent sans s'être ni vus ni connus auparavant.

A toute règle cependant il y a des exceptions, et c'est ce que prouve l'histoire de notre héros.

Andriamiantra, dont le nom avait été dès longtemps changé en celui de Rabarijaona, sous lequel nous l'avons connu, était seul pour accomplir sa grande tâche de directeur de jeunes gens mariés pour la plupart.

Préoccupés d'assurer aux jeunes femmes de ses élèves une influence chrétienne féminine dont elles ont le plus grand besoin, les missionnaires qui, pour affermir son autorité et le mettre à l'abri des tentations, avaient pris Rabary — c'est l'abréviation ordi-

naire du nom de Rabarijaona — sous leur toit, l'enga-
gèrent à chercher une compagne digne de lui.

Après un an, le Betsiléo n'ayant pas été favorable à
l'éclosion d'un sentiment réel d'inclination, notre jeune
ami demanda un congé de six mois pour aller chercher
femme en Emyrne.

Il partit avec de chaudes lettres de recommandation
pour les missionnaires de la Capitale, au service
desquels il entra dès son arrivée. Mais, malgré leur
active et bienveillante intervention, plusieurs mois
s'écoulèrent sans succès pour ses projets matrimo-
niaux. Une objection qu'il n'avait pas prévue semblait
même rendre inutile toute tentative. « Se marier pour
»aller vivre au Sud du Betsiléo !... à plus de 400
»kilom. de Tananarive... lui disait-on... mais c'était
»un exil... une folie !... et pas une jeune Tananari-
»vienne raisonnable ne pourrait jamais s'y décider !... »

Notre ami commençait à perdre courage, quand on
lui présenta une jeune fille qui voulait bien consentir
à le suivre dans son exil. Mais elle avait si haute
opinion d'elle-même, se disait douée de tant de vertus
et de capacités, que Rabary en fut effrayé. « Elle est
»trop accomplie et trop supérieure à un pauvre insti-
»tuteur du Betsiléo... » dit-il à ses amis, et, plus triste
que jamais, le prétendant se déroba à cette trop bril-
lante union. — C'est alors que ses protecteurs l'adres-
sèrent à la belle Institution que la Mission Norwe-
gienne a fondée dans la Capitale et où, sous la haute
et maternelle direction de Madame Borchgrevinck,

deux personnes dévouées, femmes d'un cœur et d'une intelligence d'élite, élèvent à l'école de l'Évangile et loin des influences malsaines de leur milieu, une centaine, parfois plus, de jeunes filles qui, en principe, ne doivent quitter l'institution que pour se marier.

Rabary fut recommandé au Dʳ Borchgrevinck, surintendant de la Mission Norwégienne, qui l'accueillit et écouta son histoire avec la bienveillance exquise que cet homme de Dieu, doublé d'un homme de science, apporte dans toutes ses relations. Il l'informa qu'il y avait à ce moment dans l'institution plusieurs jeunes filles à marier.

« Connaissez-vous Raketaka? » lui demanda le Docteur, dont le diagnostic sûr avait discerné, dès l'abord, la jeune fille qui conviendrait à ce sympathique jeune homme.

Non ! répondit notre ami !

« Voulez-vous que j'écrive à ses parents pour vous présenter à eux ? » — Volontiers fut la réponse.

— Dès le lendemain, Rabary, muni de sa lettre d'introduction, se présenta chez les parents de la jeune fille en question.

Quand ceux-ci apprirent par la lettre du Docteur qu'un jeune Maître du Betsiléo voulait rechercher leur fille en mariage, le père s'indigna à cette seule pensée et voulut éconduire l'audacieux prétendant.

Mais la mère intervint : « Venez nous revoir, mon ami, dit-elle au pauvre jeune homme interdit; « mon mari n'est pas aujourd'hui en état de traiter de sang froid une aussi grave proposition ».

Et Rabary revint le lendemain.

Nouveau refus du père, mais cette fois moins violent et suivi d'une invitation à revenir.

C'est ce que fit encore notre jeune prétendant, qui, bientôt, gagna si bien le cœur des parents qu'un seul jour passé sans sa visite lui valait d'affectueux reproches.

Trois semaines après son pénible début, Rabary obtenait enfin le consentement du père et de la mère de Raketaka. Mais il n'avait encore jamais vu la jeune fille, et, quel qu'en fût son désir, il n'osait, par timidité, en demander la permission.

Le Dimanche suivant, cependant, il pria un de ses amis qui connaissait quelques-unes des pensionnaires de l'Institution Norwégienne, de lui désigner Raketaka quand elle sortirait de l'Église.

Son ami le fit. Mais hélas ! son cœur fut près de défaillir quand il vit devant lui une physionomie sans expression, qui n'éveillait en lui aucune sympathie. Était-ce donc à cela que devaient aboutir ces longs mois de recherches, d'attente et de prières ! !

Pendant quinze jours il fut comme désespéré. Il s'était engagé vis-à-vis des parents : il avait demandé et obtenu la main de la jeune fille : il ne pouvait donc pas honnêtement revenir en arrière ?.....

Et il continua ses visites aux parents, espérant qu'une

circonstance indépendante de sa volonté dénouerait cette douloureuse situation.

Un jour, il vint à l'Eglise Norwégienne pour assister à un mariage qui devait y être célébré et revoir de loin pour la seconde fois celle qui devait bientôt devenir sa femme. Hélas ! il la vit et sentit s'accentuer sa première impression toute négative : mais, pour comble de malheur, il vit aussi, parmi les demoiselles d'honneur, une modeste et timide jeune fille, dont il ne put, pendant toute la cérémonie, détacher ses regards et qui, du premier coup, lui prit tout son pauvre cœur. «Oh ! se disait-il en lui-même, si jamais mon malheu-»reux projet de mariage se rompait, voilà bien celle »qui serait l'élue de mon cœur !»

.... Et, rentré chez lui, il pleura, vida son cœur devant Dieu..... sans trop savoir ce qu'il devait Lui demander.

Trois semaines seulement le séparaient du jour fixé pour le mariage, et Rabary n'avait pas encore été présenté à sa future femme.

— A vrai dire, la faute en était à lui seul, car les parents et les protecteurs de la jeune fille y eussent volontiers consenti : mais il ne désirait pas la voir, il le redoutait même... car son cœur, tout son pauvre cœur s'était donné à la jeune demoiselle d'honneur entrevue quelques jours avant.

Pourtant le jour du mariage approchait, et, pensant aller au devant de ses désirs, les parents, sans l'en avoir prévenu d'avance, lui présentèrent leur fille, sa fiancée.

Mais ! ô surprise..... ô bonheur ! oh ! la miséricordieuse bonté de Dieu... Raketaka... sa fiancée n'était autre que la modeste demoiselle d'honneur qui avait pris son cœur. — Au premier abord, il crut rêver, être l'objet d'une hallucination ; mais quand la douce réalité ne fit plus de doute pour lui, il interrogea... et découvrit qu'il y avait à l'institution deux Raketaka, et que c'était *l'autre*, qu'en toute conscience lui avait désignée son ami. C'est ainsi qu'enfin notre ami trouva, pour parler avec lui, « la retraite qui abritait l'élue de son cœur ».

Quelques jours après, un second mariage était célébré dans l'Eglise norwégienne. Cette fois, Rabary n'était plus le pauvre spectateur désenchanté, pas plus que Raketaka n'était la demoiselle d'honneur, de la cérémonie précédente ; tous deux formaient le joli couple sur lequel se concentraient les regards sympathiques et les prières d'un nombreux auditoire d'amis, heureux de s'associer, sous le regard de Dieu, au bonheur du jeune maître du Betsiléo et de sa gentille et pieuse compagne.

Après un mois passé chez leurs parents, les deux jeunes gens se mirent en route pour le Sud et s'établirent à Ambohimandroso, où depuis neuf ans ils travaillent dans une touchante harmonie à leur belle œuvre.

A quelqu'un qui faisait allusion devant Rabary aux circonstances qui précèdent, il répondit en regardant de son regard timide et droit : « il vaut la peine de

»souffrir et d'attendre pour avoir une compagne mo-
»deste, active et pieuse comme celle que Dieu m'a
»donnée. L'or est toujours rare et dur à extraire, mais,
»quand on l'a extrait, c'est bien réellement de l'or. Les
»joyaux aussi sont rares et ne se trouvent pas facile-
»ment, et Raketaka en est un, dont peu de personnes
»connaissent le prix, car la violette se cache pour
»embaumer son entourage ».

L'heureux couple a aussi connu la divine discipline
de l'épreuve. Cinq fois nos jeunes amis ont dû rendre
à Celui qui les leur avait prêtés pour un temps bien
court, de chers petits êtres dont le sourire était venu
réjouir leur foyer, et il ne leur en reste plus qu'un
seul, une charmante fillette de 8 ans, sur laquelle se
concentre toute leur tendresse, et dont leur ambition
est de faire une disciple fidèle de leur Dieu Sauveur !

Et maintenant, ami lecteur, disons adieu au petit
garçon boucher Malgache, devenu, par la puissance de
l'Evangile, un des ouvriers indigènes les mieux quali-
fiés de l'œuvre missionnaire de Madagascar. Mais gar-
dons-lui une place dans nos cœurs, et, nous souvenant
qu'il est encore sur la brèche avec «l'aide semblable à
lui que Dieu lui a donnée, prions pour eux et pour
leur Ecole, où l'un de nos instituteurs missionnaires,
M. Galland, est devenu leur collaborateur.

Si nous avons soulevé pour vous, d'une manière

peut-être un peu indiscrète et qui, à coup sûr, blesse-
rait sa grande modestie, le voile qui, pour la plupart
de ceux qui l'approchent. couvre encore la vie de Rabarijaona, c'est afin de vous inspirer pour lui, et pour
ces populations, en général si douces et si intelligentes
de la grande Ile Africaine, une sympathie grandis-
sante.

Madagascar est aujourd'hui terre Française, et, quoi
qu'en aient dit des hommes intéressés à travestir les
faits, les populations protestantes de l'Emyrne et du
Betsiléo ont été les premières à accepter loyalement
les faits accomplis. Groupées autour de notre glorieux
drapeau tricolore, devenu le leur, elles ne demandent
à la France que la réalisation des promesses symbo-
lisées dans sa belle devise : Liberté, Egalité, Frater-
nité, fille de cet Evangile du Christ qu'elles aiment et
auquel elles veulent rester fidèles sous la forme si
simple et si vraie du Protestantisme.

Français et fils des Huguenots qui ont jadis souffert
pour la même foi que les persécutés et les martyrs
Malgaches, Dieu nous impose aujourd'hui le devoir de
prendre résolument nos nouveaux frères sous notre
protection, de travailler, de lutter, de prier pour que
leur atteinte ne soit pas déçue et qu'ils puissent. sous
la double tutelle de la France et de l'Evangile. se déve-
lopper et grandir dans les voies d'une civilisation
vraiment chrétienne, pour la gloire de Dieu, l'honneur
de la France et la prospérité de sa nouvelle colonie !

Que Dieu nous inspire donc pour la cause de Madagascar, un zèle qui soit à la hauteur de nos responsabilités ! Et qu'Il nous donne pour cela un amour qui sache se traduire par le sacrifice de notre temps ou de notre argent, et, s'Il nous appelait à cet honneur, par le sacrifice de nos personnes et de nos vies.

C'est le vœu sincère de celui qui, pour vous parler, n'a d'autre titre que celui d'être

Un Ami des Malgaches,

H. LAUGA.

NOS DEUX MARTYRS

Pouvait-on clore un traité sur Madagascar sans parler de ces deux braves qui sont morts au champ d'honneur dans le sombre massif de l'Ankaratra?

Nous ne l'avons pas pensé. Il faut que les noms, désormais illustres, d'ESCANDE et de MINAULT, soient connus de tous les enfants de nos Eglises, et deviennent pour eux synonymes de **patriotisme**, de **foi héroïque**, de **sacrifice**. Nous avons eu le privilège de les connaître l'un et l'autre dès leur jeunesse, nous avons été honoré de leur amitié, nous aurions donc des raisons sérieuses d'essayer tout au moins d'esquisser leur portrait..... nous reculons devant une tâche aussi délicate.... Pour parler convenablement d'un héros, il faut avoir soi-même l'étoffe d'un héros.... Nous laissons à Benjamin Escande le soin de nous dire qui était Minault ; Paul Minault, à son tour, nous parlera de son ami Escande.

« *Quel homme de cœur et de foi que ce Minault! Sa parole*
»*a une incomparable puissance; il n'en est pas moins très*
»*humble et très désireux de s'effacer, pourvu qu'il se rende*
»*de quelque manière utile à l'œuvre de Dieu.*»

(B. ESCANDE).

«Il faut beaucoup de forces pour tenir ferme ici. Et le
»climat dévore les forces. Tous les Européens, ici, sont alan-
»guis, paresseux, anémiés. Il n'y a que cet admirable Escande
»qui garde toute son énergie. Quel précieux usage il en fait!
»En voilà un vaillant! Vous pourrez le saluer avec respect,
»quand vous le verrez en France.... Quel privilège pour
»moi de l'avoir avec moi! Je l'aime et l'admire beaucoup.

» On ne peut pas se figurer en France ce qu'il a fait, ce qu'il
» a supporté, ce à quoi il a su suffire. Il a bien mérité du pro-
» testantisme français. C'est un homme du plus haut mérite. »

(P. MINAULT.)

A ces deux témoignages ajoutons le témoignage tout à fait désintéressé d'un brave, du général Galliéni. Dans sa dépêche à la Société des Missions de Paris il disait :

« Escande et Minault sont morts en soldats, victimes de leur dévouement et de leur zèle. »

A Dieu qui les avait donnés, à Dieu qui les a ôtés soient tout l'honneur et toute la gloire ; pour nous, efforçons-nous d'être leurs imitateurs comme ils l'ont été de Christ.

VIC. POUX.

PETITE BIBLIOTHÈQUE

des

ÉCOLES SYNODALES

——▷—★—◁——

TRAITÉS PUBLIÉS

par les soins de la Commission des Écoles du Synode de la XIVme Circonscription

1886. **Les petits Huguenots** (épuisé) ....⎫
1887. **Le Voyage de Marc** (épuisé) ....⎬ (XIVme Circ.)
1888. **A travers la Persécution**, par D. Benoit (épuisé)... (IXme Circ.)
1889. **La bonne Fée**, par J. Bastide (épuisé)............. (Xme Circ.)
1890. **Le Temple de Charenton**, par H. Fargues (épuisé). (IVme Circ.)
1891. **Vocation!** par Ed. Sautter (épuisé)................ (IIIme Circ.)
1892. **Les vacances de Gilbert**, par P. Vesson (épuisé)... (IXme Circ.)
1893. **Les Missions**, par H. Dieterlen, missionnaire au
     Lessouto (épuisé).
1894. **Le récit du Grand-Papa**, par A. Sibleyras (épuisé).. (XIXe Circ.)
1895. **Une bonne idée**, par Insième (épuisé)............. (XIme Circ.)
1896. **La Fidélité au drapeau**, par Mme E. Bersier (épuisé). (IIIme Circ.)
1897. **Château et Couvent**, par Mme de Witt. (épuisé)...... (IIIme Circ.)
1898. **Histoire d'un petit Malgache**, par H. Lauga.....

———◦◦◦◦◦◦———

PRIX DES TRAITÉS :

Cinq Centimes l'Exemplaire

S'adresser à M. le pasteur A. ARNAL, secrétaire de la Commission des Écoles de la XIVe Circonscription, à Uzès (Gard).

Montpellier. — Typ. et Lith. Delord-Boehm et Martial

www.ingramcontent.com/pod-product-compliance
Lightning Source LLC
LaVergne TN
LVHW012147170726
843503LV00009B/4034